AF356701

TABLEAUX

Études, Esquisses, Aquarelles

DESSINS, EAUX-FORTES

ET

PLANCHES GRAVÉES

PAR

J. J. VEYRASSAT

CATALOGUE

DES

TABLEAUX

Études, Esquisses

AQUARELLES, DESSINS, EAUX-FORTES DIVERSES

ET

PLANCHES GRAVÉES

PAR

J. J. VEYRASSAT

DONT LA VENTE AURA LIEU

HOTEL DROUOT, SALLE N° 10

Le Vendredi 14 Décembre 1894

A DEUX HEURES

COMMISSAIRE-PRISEUR	EXPERT
Mᵉ LÉON TUAL	**M. BERNHEIM JEUNE**
56, rue de la Victoire, 56	8, rue Laffitte, 8

EXPOSITION PUBLIQUE

Le Jeudi 13 Décembre 1894, de 1 heure 1/2 à 5 heures 1/2

CONDITIONS DE LA VENTE

Elle sera faite au comptant.

Les acquéreurs paieront *cinq pour cent* en plus des enchères.

Paris. — Imprimerie de l'Art. E. Moreau et Cie,
41, rue de la Victoire.

DÉSIGNATION

TABLEAUX ET AQUARELLES

1 — Fontaine publique à Alger.

2 — A Grand-Camp.

3 — La Plage à Grand-Camp.

4 — Aniers arabes.

5 — Bords de la Seine.

6 — La Seine à Samois.

7 — Jardin d'Essais.

8 — Bateaux de pêche.

9 — Le Canal à Venise.

10 — Maison mauresque.

59 — Tête de cheval.

60 — Le Voyageur.

61 — Étude de chevaux.

62 — Une Rue à Samois.

63 — La Conversation.

64 — Attelage de bœufs.

65 — Écrevisse.

66 — Effet de nuit.

67 — Intérieur d'écurie.

68 — Le Marché aux chevaux.

69 — Café maure.

70 — La Fuite en Égypte.

71 — Marchande de poisson.

72 — Noël.

73 — Vieux berger.

74 — Un Chef Arabe.

75 — Étude de chardons.

76 — Paysans, environs de Saint-Jean-de-Luz.

77 — Un Puits à Saint-Jean-de-Luz.

78 — Chasseur.

79 — Tête de cerf.

80 — Le Chien au faisan.

81 — Saint-Jean-de-Luz.

82 — L'Ane et le Cheval.

83 — La Mort et le Bûcheron.

84 — La Fuite de Sodome.

85 — Devant la Mosquée.

86 — Repas des Moissonneurs.

87 — Chevaux de halage.

88 — Sous-verre comprenant deux aquarelles, Mosquée — Boufarik ; et deux dessins, Bûcherons — Halte à la ferme.

89 — Sous-verre comprenant : Chevaux attelés
au repos. — Les Moissonneurs. Dessins à
la plume.

90 — Le Retour de la moisson.

91 — La Rentrée de la moisson.

92 — Chevaux sous bois.

93 — Chevaux attelés à une voiture sous bois.

94 — Chevaux buvant près d'une chaumière.

95 — Le Marché aux chevaux.

96 — La Halte à l'auberge.

97 — Chevaux en liberté.

98 — Intérieur de ferme.

99 — Le Chargement de la récolte. — Jeune
Mère mettant son enfant à âne. Deux dessins,
un à la plume, l'autre à la mine de plomb.

100 — La Récolte du varech. Pastel.

101 — Cent treize photographies d'après des
tableaux de Jules Veyrassat.

102 — Quatre-vingt-trois photographies d'après des tableaux de Veyrassat.

103 — Trente-quatre gravures de Veyrassat, d'après ses tableaux.

104 — Quarante-huit gravures de Veyrassat, d'après ses tableaux.

105 — Trente gravures de Veyrassat, d'après ses tableaux.

106 — Trente-deux gravures de Veyrassat, d'après la Bible de Bida.

107 — Dix-huit gravures de Veyrassat, d'après la Bible de Bida.

108 — Les Saisons, d'après Charles Jacque; douze gravures par Lavielle.

109 — Vingt-neuf lithographies par Français, Masson, Nanteuil, Diaz, Decamps, Stevens.

110 — Dix-neuf croquis et dessins par Andrieux.

111 — Onze gravures par Braquemond, d'après Delacroix.

112 — Huit eaux-fortes par Daubigny.

113 — Cinquante-six gravures de Veyrassat, provenant du catalogue de San Donato.

114 — Vingt-quatre épreuves d'essai de Veyrassat, de la Bible de Bida.

115 — Neuf albums d'eaux-fortes composées et gravées par Veyrassat.

116 — Eaux-fortes par trente artistes.

117 — Le Musée universel, par Édouard Lièvre.

118 — Vingt-trois planches (cuivres), par Veyrassat. (Ce numéro sera divisé.)